AH!!! ENFIN!

OU LA

CONSPIRATION DE M. DE LA ROUTINE,

Prologue-Revue en un Acte et deux Tableaux,

Représenté, pour la première fois, sur le Théâtre
de Montpellier le 27 septembre 1855.

MONTPELLIER,

F. GELLY, IMPRIMEUR-ÉDITEUR,
Rue Roucher, No 3.

AH!!! ENFIN!

OU LA

CONSPIRATION DE M. DE LA ROUTINE,

Prologue-Revue en un Acte et deux Tableaux,

Représenté, pour la première fois, sur le Théâtre de Montpellier le 27 septembre 1855.

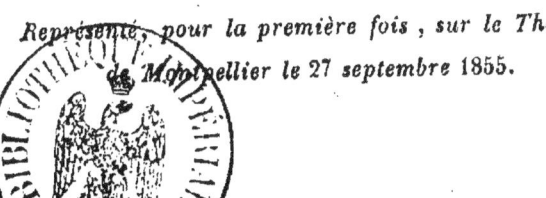

MONTPELLIER,

F. GELLY, IMPRIMEUR-ÉDITEUR,
Rue Roucher, No 3.

C.

AH!!! ENFIN!

ou

La Conspiration de la Routine.

PROLOGUE-REVUE.

DISTRIBUTION :

—

LE THÉATRE,	MM. FABERT.
M. DE LA ROUTINE,	BUGUET.
LE LEZ,	CAILLAT.
LA GRAND-RUE,	BRIET.
M. BEAUNAVET,	GRAFETOT.
UN SPECTATEUR,	LAURENT.
LA VILLE DE MONTPELLIER,	Mmes BUGUET.
LA GAIETÉ,	Laure JAUME.
LE PEYROU,	GAY.
L'ESPLANADE,	DEMONCHY.
Mme BEAUNAVET,	FABERT.

—

Un Danseur,	M. MURAT.
Une Danseuse,	Mlle DEBONNE.

AH!!! ENFIN!

PROLOGUE-REVUE,

En un Acte et deux Tableaux.

PREMIER TABLEAU.

VIEUX DÉCOR.

Scène Ire.

LE THÉATRE, *seul, vieux et pauvre.*

(Lisant.) « Dépense 129 fr. 50 c., recette 17 fr. 75 c.» — La position n'est pas tenable pour un Théâtre qui se respecte. Je deviens aussi maigre que ma caisse. — (*Regardant son chapeau.*) Allons, bou! les araignées me prennent pour une vieille masure et établissent une

filature sur mon couvre-chef. La poussière s'attache à
moi avec une persistance que la santé délicate de mon
habit m'empêche de combattre. Ce compagnon insépa-
rable de mon infortune ne peut pas souffrir la brosse ;
il faut savoir passer des caprices aux vieillards ! — Si
je pouvais faire un emprunt..... forcé... à fonds perdus...
— Diable ! mon ennemi ! ce vieil entêté de la Routine !
— Redressons-nous le torse ; avançons galamment la
jambe gauche.... Il serait trop heureux s'il me savait
à l'agonie !....

—

Scène II.

LE THÉATRE. DE LA ROUTINE , *noir et ridicule.*

DE LA ROUTINE , *(rire forcé et se frottant les mains.)*

Ah ! ah ! vous vieillissez, mon cher Théâtre, mon
bon Théâtre, mon excellent Théâtre ! comme vous êtes
sombre et décrépit ! Ah ! je vous trouve bien malade.

LE THÉATRE.

Et ce n'est pas vous qui me rendrez à la santé, n'est-
pas, mon très-cher Monsieur de la Routine ? Vous ne
me donneriez pas....

DE LA ROUTINE, *l'interrompant.*

Si..... je vous donnerais une corde...... pour vous
pendre.

LE THÉATRE , *avec doute.*

Vous la donneriez ?....

De la Routine.

Oui.... quitte à la reprendre après. L'économie est le fond de ma politique.

Le Théatre.

Vous êtes cousin d'Harpagon, et je vous passe cet air de famille ; mais pourquoi prêcher, sur tous les tons, une croisade contre moi ?

De la Routine.

Prêcher ? Ai-je dit à n'importe qui, n'importe quoi ?... Du tout. Vous me déplaisez, je ne m'en cache pas ; vous êtes laid, chacun le voit ; le public vous fuit, c'est visible.

Le Théatre.

Comment attirer le public ? Ma caisse est aussi vide que le plus mince de mes drames. Je ne puis refaire mes costumes ni changer mes décors.

De la Routine, *avec emphase.*

La vertu n'a pas besoin de fard pour plaire !

Le Théatre.

Oui, mais une toile d'emballage ne représentera jamais une cathédrale..... sans peinture et je ne puis remplacer une forêt par un plat d'épinards.

De la Routine.

Pourquoi pas ? Avec un public intelligent et un écriteau ?

Le Théatre.

Que serais-je devenu, hier, si je n'avais eu l'ingénieuse idée de substituer à la classique chaudière de la Juive, un moulin à vent qui tourne.... de temps à autre.

De la Routine.

Le paysage a dû y gagner.... en animation.

Le Théatre.

Tous mes salons sont invariablement meublés avec le même fauteuil solitaire.

De la Routine.

Si vos acteurs sont polis, ce n'est pas une difficulté, chacun peut s'asseoir à son tour.

Le Théatre.

Les soldats de tous les temps et de tous les pays n'ont jamais qu'un seul et unique costume.

De la Routine.

N'est-il pas touchant de voir tous les peuples du globe endosser la même enveloppe depuis 2,000 ans ?... Je vous ferai nommer membre du Congrés de la paix.

Le Théatre.

Habits jaunes, pantalons jaunes, bottes jaunes, perruques plus jaunes encore.

De la Routine.

Les spectateurs finiront, peut-être, par aimer cette nuance.

Le Théatre, *soupirant*.

Ah ! ma vie s'écoule bien piétre, assaisonnée de lésinerie et soupoudrée de dégoût !...

Scène III.

LE THÉATRE. DE LA ROUTINE.
LA GAIETÉ.

La Gaieté, *entre en chantant.*

Air : *De la Tirlire.*

Chantons, chantons,
Car les chansons
De la jeunesse
Sont l'ivresse.
On peut rêver
Et soupirer,
Moi, je veux toujours chanter.

De la Routine.

Une fille de la Folie ? Dois-je rester ? Restons... Il faut regarder le vice pour le haïr davantage.

La Gaieté.

Vous ne me reconnaissez pas ? Vive Dieu ! je suis la Gaieté, la Gaieté Française ! toujours jeune, toujours fraîche, toujours étincelante ! Le temps, dont on connaît l'impolitesse, respecte mes cheveux noirs, mes joues roses, mes lèvres rouges.

De la Routine.

Décidément, cette jeune beauté a les idées trop larges et les jupons trop courts.

La Gaieté, *à la Routine.*

Eh bien ! vous ne riez pas ! on vous prendrait pour

un saule pleureur, en deuil, qui revient du cimetière. Vous ne savez donc pas rire ?

DE LA ROUTINE, *s'efforçant.*

Mais si.... mais si... (*Il rit.*)

LA GAIETÉ.

Assez, assez.... Ce n'est pas du rire, cela, c'est un baillement de croquemort. — (*Le reconnaissant.*) Eh ! Palsambleu ! c'est le père de la Routine, mon vieil ennemi, mon vieux rhinocéros d'ennemi ! — (*Faisant des armes*) une.... deux.... là.... fendez-vous....

DE LA ROUTINE.

Permettez ; je suis un homme grave, moi, et je ne puis souffrir ces plaisanteries.

LA GAIETÉ.

Et vous avez raison.... Peste ! vous me faites frisonner, si l'on tuait les sots, on serait obligé de rire de soi-même, ce qui serait bien moins amusant. —(*Riant.*) Ah ! ah ! ah ! vous avez une bonne binette ! Ce n'est pas une tête, cela, mon cher, c'est un panache ! Combien voulez-vous la vendre ? Je la mettrai au bout d'une perche pour épouseter mes appartements....

DE LA ROUTINE, *à la rampe.*

Quelle impertinence ! La jeunesse ne respecte plus rien !... Où va le siècle, grands Dieux ! Où va le siècle ?

LA GAIETÉ, *remontant.*

Tiens ! le Théâtre ! Eh bien ! mon vieux, nous ne fleurissons plus !... Nous végétons, nous végétons comme le plus humble des salsifis.

Le Théatre.

Hélas ! vous ne venez pas souvent me visiter, ma gracieuse petite dame.

La Gaieté.

Mon très-cher, je t'aime par tempérament, mais je te fuis par prudence.

Le Théatre, *prétentieux.*

Vous redoutez mes séductions ?

La Gaieté.

Je redoute.... tes toiles d'araignées.... — Fais ta toilette, secoue ta poussière, brosse-toi, cire-toi ; imite tes confrères de Bordeaux, de Marseille, de Toulouse. Prends de vrais acteurs et de vrais actrices, avec de vraies voix et de vrais mollets....

Le Théatre.

J'ai les meilleures dispositions du monde, mais M. de la Routine me fait une guerre sourde.

La Gaieté.

Toujours en dessous... comme les taupes! (*Déclamant*): Je te reconnais bien là, la Routine ! ! ! (*Changeant de ton*): Que reprochez-vous à cet honnête vieillard ?

De la Routine.

Ce que je lui reproche ! je lui reproche de préconiser le crime, d'ouvrir la bonde à toutes les passions, de recevoir les traitres avec une préférence marquée, et d'étaler une affection trop tendre pour les camélias...

La Gaieté.

Tiens ! tiens ! tiens ! mais je trouve moi qu'il enfle la

vertu comme la grenouille de la fable pour la rendre plus appétissante, qu'il fait une consommation assez colossale de Rodolphe et de Monte-Christo, et que s'il aime les camélias, il a une passion platonique assez prononcée pour les violettes et les Rosières...

DE LA ROUTINE, *continuant.*

Je lui reproche de faire vivre des comédiens et des comédiennes, de s'appeler le Théâtre, enfin !...

LA GAIETÉ.

Peste ! voici qui demande une explication avec instance.

DE LA ROUTINE.

Je ne m'explique jamais... c'est ma façon de raisonner.

LA GAIETÉ.

Prenez-donc un brevet... votre système peut servir aux imbéciles.

DE LA ROUTINE.

Je jette le masque, à la fin; je me nomme la Routine; on me connaît; on sait mon influence sur les masses. — Je n'aime pas les arts, c'est vrai; j'exècre les artistes, c'est encore plus vrai; j'abomine le rire, je m'en fais gloire. Et toi, malheureux Théâtre, auquel je laissais, par compassion, un souffle de vie, je serai sans pitié... je te déclare une guerre ouverte.

LA GAIETÉ.

Palsanguienne! vous en parlez bien à votre aise; je connais une belle à laquelle ce vieux Théâtre tient fort au cœur, malgré sa physionomie rance.

DE LA ROUTINE, *avec dédain.*

Une fille de marbre !

LA GAIETÉ.

De marbre?... Non, de pierre tout modestement. —
C'est la Ville de Montpellier, mon très-cher.

DE LA ROUTINE.

La Ville?... Une gaillarde qui fait mon désespoir...
depuis quelques années...—Elle donne dans le progrès.

LA GAIETÉ, *raillant.*

La niaise!...

DE LA ROUTINE.

Elle veut marcher avec le siècle !...

LA GAIETÉ, *de même.*

Voyez-vous bien, l'ambitieuse !...

DE LA ROUTINE.

Il lui prend la manie de la propreté ; elle n'a jamais
assez d'eau pour se débarbouiller, il lui faudrait un
fleuve...

LA GAIETÉ.

AIR : *De l'Apothicaire.*

Lorsque la Ville en belle humeur
Veut baigner ses pieds dans l'eau claire,
Elle visite, sans pudeur,
Le Lez qui la regarde faire.
Si ce fleuve, vrai paltoquet,
Du monde avait le moindre usage,
A la dame, le freluquet
Voudrait épargner le voyage...
Dut-il arriver à la nage...

DE LA ROUTINE.

Elle a osé lui en faire la proposition, l'effrontée ! —

2

On est en pourparlers. — La coquette passe sa vie à se donner de l'air, à se peigner, à se peindre. Elle se mettrait à la crinoline si elle osait !...

LA GAIETÉ.

Diable ! elle ne passerait donc plus par ses rues !...

DE LA ROUTINE, *s'en allant.*

Je vais lui dire son fait...

LA GAIETÉ.

Vous partez. — Mais vous serez donc toujours en retard, par tempérament, mon cher de la Routine. On ne va plus visiter les villes, on les fait venir.

DE LA ROUTINE et LE THÉATRE, *qui s'est avancé.*

Ah, bah !

LA GAIETÉ.

Oui, c'est un nouveau système inventé par un vaudevilliste dans l'embarras. La vapeur est enfoncée ! Tous les chemins de fer vont se pendre, de désespoir, aux fils du télégraphe !...

DE LA ROUTINE.

Et le moyen ?...

LA GAIETÉ.

Le mécanisme est très-simple : on prend un chêne. — Si l'on ne possède point le chêne classique, on frappe trois petit coups sur une bûche. *(Elle frappe de la Routine qui se récrie.)* Et l'on crie trois fois sur une note impossible, comme un ténor pas assez léger. *(Chargeant.)* Asmodée !...

(Jeu de scène. La Ville paraît).

Scène IV.

LE THÉATRE. DE LA ROUTINE. LA GAIETÉ. LA VILLE.

LA VILLE.

AIR : *Des Mémoires du Diable.*
Me voilà... me voilà !
Pour vous que faut-il faire ?
Me voilà, me voilà,
J'arrive pour vous plaire.
Me voilà !... me voilà !...

DE LA ROUTINE, *au Public.*

C'est bien la Ville de Montpellier. — Au premier abord, on pourrait avoir des doutes. Un incrédule, par exemple, voudrait certainement voir... le Peyrou... mais, c'est elle, j'en répondrais sur vos têtes.

LA VILLE.

Je suis de belle humeur, aujourd'hui, car il n'entre pas dans mes habitudes de me déranger, on le sait.

LE THÉATRE, *à part.*

Je n'ose me présenter devant elle dans un costume aussi... médiocre; soyons pauvre, mais sauvage... Je vais me mettre à l'ombre. *(Il remonte.)*

LA GAIETÉ, *au Théâtre.*

Soyez calme... Je saisirai le moment favorable. Les villes, dit-on, sont, comme les femmes, sensibles à la flatterie. — *(Regardant la Ville.)* Peste! quelle jolie Ville! quelles formes gracieuses! quelle tournure élégante! Je ne dirai pas positivement à quel style d'architecture elle appartient, mais je la trouve adorablement construite.

LA VILLE.

Eh! c'est la Gaieté, notre belle Gaieté, qu'on admire partout, mais qui ne peut vivre qu'en France :

Air : *T'en souviens-tu ?*

Quand nos soldats vont étonner le monde
Qui tremble encor au seul bruit de leurs pas,
Ah! sous le feu, sous le canon qui gronde,
Noble Gaîté, tu ne les quittes pas!
Quand se déploie, en un jour de bataille,
Notre drapeau de tous temps respecté,
A ses côtés on voit, sous la mitraille,
Marcher toujours la Gloire et la Gaîté.

Mais vous me délaissez! A quels privilégiés portez-vous vos faveurs?

LA GAIETÉ.

Je me suis lancée dans une entreprise colossale! Je voulais faire rire des savants! les immortels n'ont pas sourcillé, mais ils m'ont endormie!

LA VILLE, *riant.*

Ah! ah! la Gaieté qui veut entrer à l'Académie! Qu'en dites-vous, M. de la Routine?...

DE LA ROUTINE., *brusquement.*

Je dis qu'elle n'aura pas ma voix.

LA VILLE, *très-provoquante.*

Savez-vous que vous n'êtes pas aimable... pour une femme! Je me rappelle une époque où vous étiez plus galant!...

DE LA ROUTINE.

Et vous moins coquette!

LA VILLE.

Oui... j'étais moins soignée... dans ma tenue...

DE LA ROUTINE.

Et moins décolletée...

LA VILLE, *très-coquette.*

Est-ce que vous voyez quelque chose de mal?...

DE LA ROUTINE.

Je vois trop...

LA GAIETÉ.

C'est votre faute... Vous mettez des lunettes et des lunettes vertes encore!... au risque de voir tout trop vert, comme le renard de la fable!...

LA VILLE.

Allons ! vous me gardez rancune de ce que je n'écoute plus vos conseils !

DE LA ROUTINE.

Et c'est votre plus grand tort.

LA VILLE.

AIR :

Que voulez-vous? J'ai su trouver, sans feinte,
Des conseillers plus dévoués que vous :
Entre leurs mains je me livre sans crainte ;
Leur savoir-faire est bien connu de tous.
« — Oui, disent-ils, il faut de l'élégance ;
» Rassurez-vous, on vous embellira. —
Une femme est — vous le savez, je pense, —
Toujours sensible à ces procédés là.

Voyons, mon bon de la Routine, soyez franc ! N'est-ce pas que je suis plus jolie qu'autrefois.

DE LA ROUTINE *(exagération comique).*

Vous ne me séduirez pas avec vos caresses, Madame ?
— Je vous trouve hideuse !

LA VILLE, *minaudant.*

Regardez-moi donc un peu ! Avec quelques réparations à ma toilette... un peu plus de régularité... quelques ornements de ci, de là, je vous assure que je serai charmante.

LA GAIETÉ.

Certainement...

AIR : *Renaudin de Caen.*

Vrai Dieu ! la ville que voici
Est une cité ravissante :
A juste titre elle se vante
D'être la reine du Midi.

A l'étranger qui la visite,
La coquette sourit toujours ;
De ses attraits on s'éprend vite :
Chez elle on fixe ses amours.

Le soleil lui fait les yeux doux ;
Elle reçoit très-bien sa flamme ;
Mais, l'été, croyez-moi, la Dame
Ne sera pas froide pour vous.

Je croyais, erreur inouïe !
Qu'elle portait collet monté ;
Qu'elle accueillait, avec envie,
Un cancan deux fois répété.

Que sans lanternes, ni flambeaux,
Moins exigeant que Diogène,
On pouvait lui trouver, sans peine,
Des ridicules sur le dos ;

Qu'en recevant une épigramme,
Sottement elle se grattait...
Je me trompais, je le proclame,
De vous, ma chère, on médisait.

Avec de gais étudiants,
J'aime à voir bondir la folie ;
J'égorge la mélancolie
Et je grise tous les savants.

En vain, la raison s'égosille :
Les chansons étouffent ses cris ;
Morbleu ! lorsque le punch pétille,
Adieu, Docteurs, adieu, soucis !...

On vante l'attrait sans égal
De ses grisettes séduisantes :
Grands yeux mourants, tailles charmantes,
Au fait... voyez l'original !...

A tout venant chacun étale
Une grande vertu, dit-on,
Mais vertu si phénoménale...
Qu'elle est à l'exposition ! ! !
Vraiment, la ville que voici.., etc.

La Ville.

Dites cela tout bas ; mes voisines ne seraient pas flattées.

La Gaieté.

Je vais essayer de devenir sérieuse, cinq minutes, pour vous présenter une requête très-importante.

La Ville.

Ah ! ah ! la Gaieté va coiffer un bonnet de nuit, comme un auteur tragique. L'affaire est donc bien grave !

La Gaieté.

Je voudrais vous recommander un protégé.

La Ville.

Est-ce que vous songez à prendre un mari pour vous égayer ?

La Gaieté *(elle va chercher le Théâtre).*

Le moyen serait original, mais je le crois dangereux...
— Non... mon protégé n'est plus jeune.

La Ville.

Quelle est cette guenille ?...

Le Théâtre.

Cette guenille, ma charmante dame, c'est votre Théâtre, ne vous déplaise.

La Ville.

Comment, toi, mon vieux, dans cet état ?...

Le Théâtre.

Oui, je suis légèrement détérioré. L'habitude de me voir tous les jours fait que vous n'avez pas remarqué la *dèche* qui m'afflige : et puis, je suis toujours dans l'ombre, un peu par modestie et beaucoup par économie. Les lumières se paient cher dans ce siècle, le gaz surtout !

La Ville.

Mais tu es affreux, mais tu es horrible : je ne mettrai jamais les pieds chez toi.

De la Routine, *au Théâtre, exaltée.*

Vous l'entendez... on ne peut plus mettre les pieds chez vous. Votre règne est passé. Le siècle se fait sérieux. Les sciences, l'industrie, la mécanique, les chiffres, voilà les Dieux du jour ! La Gaieté, je l'espère, va bientôt mourir à l'hôpital avec la Poésie, sa cousine germaine ; les acteurs se feront marchands d'allumettes et les théâtres magasins à fourrages.

LA GAIETÉ.

Oh! de grâce, cinq minutes, encore cinq minutes d'imprécations ! Qu'il est beau, le monstre, sous l'aspect évaporé d'une soupe au lait qui s'émancipe ! Bouillonne, la Routine, bouillonne !

LA VILLE.

Votre colère m'amuse, vraiment : mais, vous m'avez mal comprise. La Gaieté a droit de cité à Montpellier ; elle s'y trouve en pays de connaissance.

AIR : *Bon voyage.*

Que l'on médise
De mes enfants,
De traits malins accablant la sottise,
Que l'on médise
De mes enfants,
Toujours l'esprit les rendra triomphants.

Sous ce beau ciel que le Nord nous envie,
Qui fait briller nos nuits plus que ses jours,
Le gai savoir se mêle avec la vie,
Et reproduit de joyeux troubadours.
Que l'on médise, etc.

J'eus des savants illustres en cuisine,
Des magistrats amis de la chanson ;
J'eus le prieur d'une cure voisine,
Petit-cousin du curé de Meudon.
Que l'on médise, etc.

3

Oui, la Gaîté leur sera familière,
Tant que j'aurai l'École et le Palais ;
Tout près d'ici le fauteuil de Molière,
Et sous ma main l'habit de Rabelais.
Que l'on médise, etc.

La Gaieté.

Vous avez raison... le Théâtre ne mourra pas. L'harmonie et la poésie auront leur temple, et la comédie pourra flageller vos ridicules, en dépit de vos mesquines susceptibilités.

La Ville.

Il vivra. — Une main intelligente saura le rajeunir et le rendre plus brillant et plus resplendissant que jamais.

Le Théatre.

Allons ! je vais faire ma toilette !...

De la Routine.

Je proteste, je m'insurge, je me révolte, je conspire : ah ! ma belle dame, on peut jeter des bâtons dans les jambes d'une ville, tout aussi bien que dans les roues d'une voiture. Vous verrez la Routine à l'œuvre.

La Ville.

Je mettrai la Routine aux abois. Vous ne savez pas ce que peut une Ville bien dirigée et bien conseillée... Arrière la Routine ! Je marche avec le siècle.

De la Routine, *faisant un pas pour la suivre.*
Non, jamais !... *(Il s'enfuit.)*

(Changement à vue.)

Fin du Premier Tableau.

DEUXIEME TABLEAU.

—

JARDIN.

—

Scène 1re.

M. BEAUNAVET. EURIDICE. Un Specta-
teur au Parterre.

BEAUNAVET (*il paraît aux Premières, à droite,
avec sa femme, conduit par le placeur, ses
deux billets à la main. Il parle toujours avec
une grande volubilité.*)

Nos 10 et 12... Ah! bien! très-bien!... Voilà... C'est
très-commode, extrêmement commode. (*Aux personnes
assises*): Je vous demande bien pardon... (*Montrant le
placeur*): Ce Monsieur est d'une politesse exquisse...
Passez, Euridice, passez...

EURIDICE (*Crinoline exagérée*).

Ah! mon Dieu! mais je n'entrerai jamais là; ces fau-
teuils sont trop étroits.

BEAUNAVET.

Peut-être est-ce vous, Euridice, qui êtes un peu volu-
mineuse...

EURIDICE, *très-séchement.*

Vous êtes absurde.

BEAUNAVET.

Sans doute... (*Se tournant*): Je voudrais parler au

Directeur... (*Voyant le placeur*) Ah! Monsieur fera ma commission : Ne serait-il pas possible d'établir, à l'entrée, un vestiaire où ces dames pourraient déposer leur crinoline avec nos parapluies? Mme Beaunavet ne pourra jamais s'infiltrer dans ce fauteuil...

Un Monsieur au Parterre (*Voix de Stentor*).

A la porte!...

BEAUNAVET.

La porte? Ah! très-bien!... (*Au placeur*) Soyez assez bon pour fermer la porte... Voilà un Monsieur qui craint les courants d'air ; Euridice aussi craint les courants d'air... moi-même, je m'enrhume très-facilement... du cerveau... et quand je suis enrhumé, mon nez chante et siffle comme un soufflet de forge détérioré. C'est extrêmement désagréable.... pour mes voisins...— J'en suis réduit à consommer deux hectolitres de *Pâte de Figuier*.—Voyons bobonne, prenez votre robe et votre courage à deux mains, et insinuez-vous dans le N° 12.

EURIDICE, *se plaçant.*

Mais je sortirai de là comme une sole frite.

BEAUNAVET, *riant lourdement.*

Excellent poisson, pardienne ! excellent !

EURIDICE, *très-sèchement.*

Vous êtes stupide....

BEAUNAVET, *sérieux.*

Sans doute.... — (*Ils sont installés*). Là.... impossible n'est pas Français.,. (*A Euridice.*) Vous débordez un peu.... mais c'est égal.... — Ahhh !.... on est très-bien

ici, parfaitement bien.... blanc et or, sur fond vert....
excellent goût !... c'est très-brillant, très-brillant....

EURIDICE.

Beaucoup trop brillant..... — Ces architectes et ces
peintres sont d'un égoïsme !... *(Minaudant.)* La toilette
la plus avantageuse serait écrasée sous ces couleurs
ingrates....

BEAUNAVET , *très-galant.*

Ingrate?... Mais, non , mais, non..... votre plumet
ressort très-bien, Euridice....

BEAUNAVET.

Et ce plafond !... levez donc la tête Euridice ! Il est
splendide , ce plafond !.... peintures charmantes !... ces
allégories ont un laisser-aller... très-engageant, ma foi!
très engageant !... — Jolie salle, élégante, confortable,
richement éclairée....

UNE VOIX.

Silence !...

BEAUNAVET, *avec volubilité.*

Oui !.... au fait. — Silence !.... On trouve toujours
les bavards qui ne peuvent s'empêcher de parler à propos de bottes... C'est une infirmité, une véritable infirmité. — J'aime mieux les muets... — Je ne comprends
pas qu'on ne puisse trouver un remède pour cette ma-
ladie... Certainement la Faculté... à moins qu'elle n'ait
des raisons particulières... — Mais Hippocrate, le grand
Hippocrate !.... — Plaît-il ?.... Ah! pardon, Monsieur,
je flairais une objection, vous auriez pu me retorquer
que du temps d'Hippocrate , on causait grec, un lan-
gage défunt extrêmement difficile, car enfin moi, qui

vous parle, je suis bachelier ès-lettres, et cependant je me sens totalement incapable d'abuser de cette langue trop irrégulière.

UNE VOIX, *en colère.*

Silence donc !... à la porte !...

BEAUNAVET, *s'extasiant.*

Belle voix !... Belle voix !... Quel dommage que ce Monsieur s'obstine à se livrer à la conversation au lieu de cultiver le chant. — Il soupirerait parfaitement l'air de Robert : *(Il chante) Nonnes m'entendez-vous....* — Ah ! ah ! moi aussi, j'avais beaucoup de creu, autrefois... — Je dirai même que ce creu n'a pas peu contribué à subjuguer Mme Beaunavet. Vous souvient-il, Euridice, de l'émotion qui vous taquinait, lorsque je filais cet air trop sentimental: *(Il chante) Fleuve du Tage.....*

EURIDICE.

Vous êtes d'une inconvenance !....

BEAUNAVET.

Sans doute.... Figurez-vous, Monsieur, que j'ornais, avec tenacité, le Théâtre de ma présence, il y a quelques vingt ans.... Mais depuis que je me suis laissé mettre les menottes de l'hymen....

EURIDICE.

Voulez-vous me faire passer pour un gendarme...? Vous êtes ridicule !....

BEAUNAVET.

Sans doute..... Euridice, sans doute..... Mais vous avez embrouillé le coton de mon raisonnement; permettez-moi de dévider mon écheveau. Je dévide : je disais

donc, Monsieur, que du jour où je me suis vue claque-
muré derrière le paravent de l'hymen, j'ai dû me priver
de fouler le sol des Théâtres, de peur d'exposer ma
femme.... — C'est que Messieurs les vaudevillistes sont
d'un léger, d'un décolleté.... d'un déshabillé.... Après
çà, vous me direz : Madame votre épouse.... Mon Dieu !
Certainement, je ne dis pas non.... j'ajouterai même....
car il est sûr et certain qu'une femme n'est pas fâchée
de rire.... quand elle a de jolies dents.... et Euridice
a les dents charmantes.... Souriez Euridice... Et puis ,
d'ailleurs, Mme Beaunavet se munit toujours d'un éventail, et alors sous l'éventail.... excellente précaution !...
— Sans doute.... Mais un mari n'est pas flatté......
Parce qu'il arrive qu'on croit deviner.... certaines.... qui
paraissent.... Eh ! bien pas du tout, au contraire ce
sont d'autres, vous comprenez.... (*Euridice a mis son
châle sur la rampe.*)

UNE VOIX.

Le torchon....

BEAUNAVET, *stupéfait.*

Quelle est cette interpellation de cuisinière ?....

UNE VOIX.

Le torchon de la dame au plumet... sur la rampe....

EURIDICE.

Torchon ! vous-même !... C'est un cachemire d'Inde...

BEAUNAVET.

D'Inde, oui, Monsieur, d'Inde, ce qu'il y a de plus
d'Inde... Je pourrais vous montrer la facture.... 3,000
francs !...chez M. Dautigny, rue Cardinal, vous savez
M. Dautigny, superbes magasins !....

Une Voix.

A la porte le Beaunavet !...

Beaunavet.

Ah çà ! mon cher, vous avez une belle voix, mais je vous trouve faiblement spirituel.... On ne dirait pas, à vous entendre, que l'impôt sur le sel est aboli ; vous consommez peu de cet ingrédient. — Nom d'une petite coloquinte ! je suis sur le point de regretter colossalement d'avoir introduit Mme Beaunavet dans ce fauteuil... Et cependant les dames sont nécessaires à cette salle en robe neuve !..... elles l'embellissent..... certainement ces Messieurs sont charmants, je les trouve charmants, en bloc et en détail; mais ils ne produiront jamais l'effet pyramidal du chapeau jaune-serin d'Euridice.... — Çà saute aux yeux.. . — On est chevalier français.... ou on ne l'est pas....

—

Scène II.

Les Mêmes, LA GAIETÉ.

La Gaieté, *entrant sur la scène, à Beaunavet.*

Monsieur. — Pardonnez si je vous interromps.

Beaunavet, *étonné.*

Est-ce à moi que vous faites l'honneur ?....

La Gaieté.

Voulez-vous nous permettre de jouer.

Beaunavet.

Comment, si je vous permets. — Mais je suis venu

tout exprès, nom d'une petite coloquinte!... *(Au Public.)* Excusez-moi si j'ai dit : *Nom d'une petite coloquinte!* je professe un affection particulière pour cette locution pittoresque qui exprime parfaitement la stupéfaction d'un homme étonné. — J'ai payé 7 fr. 50 c. !.... et vous me demandez.... — Ah! bien, elle est bonne celle-là.... Non.... Moi, je la trouve bonne....

La Gaieté.

Vous ne cessez de bavarder....

Beaunavet.

Moi! je suis muet comme une carpe... en matelotte... *(Au Public.)* Et, au fait, que jouez-vous là ?....

La Gaieté.

Nous jouons un Prologue..... Une pièce de circonstance....

Beaunavet.

Une pièce de circonstance!.... c'est toujours bête à faire crever une oie de jalousie!... Les œuvres du cru... Ah! en fait d'œuvres de cru, moi, je ne goûte que le vin.... de Lunel ou de Frontignan.... Certainement la décentralisation ;.... mais Paris, ah ! Paris !... — Enfin n'importe ! Figurez-vous que j'ai vu jouer, au Palais-Royal, l'*Amour dans un Ophycléïde*,... Je puis dire que j'ai été bombardé d'esprit et mitraillé de pointes !... mais je me tais.... Le titre seul doit vous indiquer combien l'explication serait périlleuse et hasardée.

La Gaieté, *remontant.*

Vous avez fini, n'est-ce pas ? Je vais faire commencer.

Beaunavet.

Permettez, permettez.... Mada..... ou Made.... enfin

4

n'importe. Euridice n'a pas le fil de votre intrigue, si vous vouliez donner le fil à Euridice....

LA GAIETÉ.

Vous voulez le fil, je vous le passe. La ville de Montpellier décrasse son Théâtre et l'habille de neuf. La Routine, en colère, ameute contre lui le Peyrou, l'Esplanade et tous autres personnages capables de retenir les gens par une séduction quelconque.

BEAUNAVET.

Ce fil me paraît un peu léger, c'est du fil d'Ecosse... *(Riant.)* J'use parfois du calembourg.... mais j'abuse du trait d'esprit.

Scène III.

LA ROUTINE. LE PEYROU. L'ESPLANADE.
M. ET Mme BEAUNAVET, dans la salle.

La ROUTINE, *(il arrive en les traînant par la main.)*

Air : *Amis, secondez ma vaillance !* (Guillaume-Tell).

> Venez, venez, secondez ma vengeance,
> Que ma rage enflamme vos cœurs !.... —

Nous allons conspirer, Mesdames ; et je fonde les plus grandes espérances sur vos séductions. Vous adorez la Routine, je le devine à votre mise. *(Montrant le Peyrou.)* Mme du Peyrou est quelque peu aristocratique, pour une promenade, mais je ne déteste pas sa coupe de figure régulière et ce grand air qui ne la quitte jamais. --*(Montrant l'Esplanade)*. Cette bonne Esplanade est plus bourgeoise et ne fait pas de façon ; j'aime sa physionomie ouverte... de tous côtés. — *(Avec emphase.)* Voici le moment d'oublier les vieilles querelles pour se réunir dans une commune vengeance... Je vous quitte pour me livrer, avec frénésie, au crime d'embauchage.... Attendez-moi.... *(Il sort en chantant)*:

Embauchons tous les spectateurs ! ! !

Scène IV.

LES MÊMES, moins LA ROUTINE.

(L'Esplanade et le Peyrou vont se placer de chaque côté du Théâtre sans se regarder.)

BEAUNAVET, *criant.*

Le cygne s'il vous plaît ? Le Peyrou, le Peyrou *sans son cygne !*... — Ce cygne serait-il un canard? Farceur! Ah! farceur !.... Vous nous donnez là un Peyrou de contrebande, un Peyrou falsifié..... il vient de Cette, votre Peyrou.... mais je l'aime autant que l'autre.... Je sens même filtrer dans mon cerveau une opinion basardée. j'irais jusqu'à dire que je préfère ce genre de promenade....à cause.... des yeux et de.... de la tournure....

EURIDICE, *le pinçant.*

Taisez-vous, Themistocle !....

BEAUNAVET.

Sans doute, Euridice !....

Le Peyrou.

Vous n'espérez pas, Madame, que je vous tende la main. — Le Peyrou ne se réunira jamais à l'Esplanade....

L'Esplanade.

Non... tout rapprochement est impossible entre nous...

Le Peyrou.

Vous seriez bien embarrassée, ma chère, de vous élever jusqu'à moi.

L'Esplanade.

Je m'en garderais bien, ma charmante, vous logez sur une montagne, exposée à tous les vents, comme une girouette....

Le Peyrou.

Il n'est pas donné à tout le monde d'occuper un poste élevé ; je suis dans une position superbe, fort enviée de mes voisines. Mais vous demeurez perpétuellement aux pieds de la ville ; cette attitude manque de dignité.

L'Esplanade.

Je sais me mettre à la portée de tout le monde et je reçois la meilleure compagnie.

Le Peyrou.

Les poètes, les rêveurs et les amoureux me préfèrent....

L'Esplanade.

Un trio de bonnets de nuit ! Que ne parlez-vous des bonnes d'enfant ?

Le Peyrou.

On sait que je les expédie à mon voisin le Jardin des Plantes qui, par état, doit aimer les légumes.

L'Esplanade.

Ah! je rougis, vraiment, du rôle qu'on vous fait jouer au clair de lune....

Le Peyrou.

Je ferme ma porte tous les soirs : vous ne pouvez en dire autant.

L'Esplanade.

C'est-à-dire qu'on vous met en cage par prudence...

ENSEMBLE.

Air : *Ah! j'étouffe de colère.*

Je voudrais, dans ma colère,
Fouler aux pieds la mégère,
    Quel horreur !... (*bis*)
Je devine sa fureur :
Mes succès lui font envie,
Elle meurt de jalousie.
    C'est affreux! (*bis*).
Je voudrais la prendre aux cheveux.

—

Scène V.

Les Mêmes, LA GRAND-RUE.

L'Esplanade.

Ah! voici la Grand-Rue! vous venez à propos, ma voisine.

La Grand-Rue.

Eh ! bien ! mes chères petites amies, il faut donc que je vous sépare; toujours en rivalité ! C'est comme moi, j'enrage : figurez-vous que ma collègue de St-Guilhem, sous prétexte qu'elle veut aller aux halles en ligne droite pour acheter son beurre... ah ! je suffoque de colère... on veut la soumettre à un traitement orthopédique... Elle veut se redresser, la vaniteuse !... se rajeunir ! pour me voler ma clientèle. Comment supposer que la coquetterie irait se nicher dans une rue... sur le retour... depuis longtemps... car on sait son âge, Dieu merci ! on sait son âge.

Beaunavet.

Et ses trottoirs ! elle a oublié ses trottoirs ! Quelle distraction !

La Grand-Rue, à Beaunavet.

Ils sont à moi, mes trottoirs ! Je peux en faire ce que je veux, de mes trottoirs ! Je m'asseois dessus et personne n'y passe. Voilà !... Mais revenons à nos moutons; moi, d'abord, je ne me mêle jamais des affaires des autres; il ne faut pas mettre son doigt entre l'arbre et l'écorce ; — et quel était le sujet de cette nouvelle querelle ?

L'Esplanade.

Madame fait la fière, sous prétexte qu'elle est plus en évidence que moi, et que sa toilette est plus voyante !...

La Grand-Rue.

Vous affectez trop de hauteur, ma chère !... L'habit ne fait pas le moine et la caque sent toujours le hareng ; d'ailleurs, qui trop embrasse mal étreint, et la nuit tous les chats sont gris. Vous aurez beau faire, les gens passent chez vous, mais ils n'y restent pas, tandis qu'on demeure chez moi, ma toute belle.

LE PEYROU.

Oui ! je sais qu'on y dort.

LA GRAND-RUE.

Mieux vaut dormir que pêcher ; je me vante d'être bien posée... dans la ville ; on me connaît, Dieu merci ! J'étale assez de luxe. Ah ! ah ! je pourrais me flatter de loger du beau monde , du happé ! mais je n'en suis pas plus pimbèche pour çà !... Payez , si vous voulez être considéré.

LE PEYROU.

On sait que vous connaissez parfaitement les affaires...

❀ LA GRAND-RUE.

Ah ! ah ! on travaille chez moi ! Le travail, l'industrie et le commerce savent où me trouver ; je suis utile, moi ; je ne passe pas la vie à prendre l'air, comme vous, ma charmante...

LE PEYROU.

Le soir, vous vous dédommagez...

LA GRAND-RUE.

Le soir, je me permets de me distraire : contentement passe richesse ! Je dis le mot pour rire avec mes voisines, la dame Argenterie et la veuve Engondeau...

AIR : *Gentil Bernard.* (Vous, des coquettes.)

Je vais, j'écoute,
Et sur ma route
Je sais fort bien ramasser les cancans ;

Lorsque j'étale
Un gros scandale
Je fais toujours pâmer les assistants.
On voit des sots d'une humeur diabolique,
Rêver de science et tenter le destin,
Causer morale, histoire ou politique,
Moi, j'aime mieux parler de mon voisin.
Holà! que pense
La jeune Hermance?
Elle a, ce soir, changé son chapeau bleu!
Ah! je devine,
Et j'imagine
Qu'on trouverait quelque diable sous jeu.

On peut toujours, avec un peu d'adresse,
D'un mot surpris faire un évènement,
D'un regard muet une œillade traîtresse,
D'une souris un énorme éléphant.

Dieu me pardonne!
Arthur m'étonne :
A sa voisine il ne dit jamais rien,
Je vois un piége
Dans ce manége,
Et je me dois d'avertir le voisin.
Madame est fière, un mari l'idolâtre!
On le dit... mais... j'ai vu ce Monsieur, moi,
Prendre un balai, si ce n'est pour la battre,
Je vous prierai de me dire pourquoi?...

Je vais, j'écoute, etc.

Mais il faut parler d'affaires sérieuses. De la Routine
vient de passer chez moi et m'a mis au fait... Le Théâtre
veut accaparer tous les habitants de Montpellier!...

L'Esplanade.

C'est indigne...

Le Peyrou.

C'est abominable !...

La Grand-Rue.

N'est-ce pas ?... Me voyez-vous réduite, pendant toutes les soirées d'hiver, à bâiller, seule, entre quatre murs.

Le Peyrou, *soupirant.*

Mon cygne cause si peu ! ce sera bien monotone.

L'Esplanade.

J'apprendrai à faire la charge en douze temps, avec les conscrits !...

La Grand-Rue.

La solitude pousse au suicide... Je me casserai la tête sur mes pavés.

Le Peyrou.

Je me pendrai à mes grilles.

L'Esplanade.

Je me jetterai sous une locomotive...

La Grand-Rue.

Non ! non !... il faut résister...

Le Peyrou et L'Esplanade.

Résistons !...

La Grand-Rue.

Employons tous les moyens.

Le Peyrou.

Toutes les séductions...

5

La Grand-Rue.

Licites et illicites... Je vais d'abord lancer une volée de petits cancans...

L'Esplanade.

Jurons de rester inébranlables et de ne pas mollir...

Toutes.

Nous le jurons !... *(Chantant.)*

> Si parmi nous il est un traître...
> Si parmi nous il est un traî.......
>   *(Ritournelle de l'air du Barbier.)*

—

Scène VI.

Les Mêmes, LE LEZ.

Le Lez.

Air : *Du Barbier* (Figaro).

> Place au Lez, nouveau Lovelace,
>   Place !
> La, la, la...
> A m'adorer je vous invite,
>   Vite !...
>   La, la, la...
> Quelle existence de volupté
> Pour un fleuve de qualité...
> Ah ! bravo... etc...

(1) « Rempli d'ivresse,

(1) La partie entre guillemets a été supprimée à la représentation.

Rêvant d'amours,

Sans but, je laisse

Couler mes jours ;

J'ai la paresse

Des gens d'esprit ;

Et sans mollesse,

J'aime mon lit...

La, laran, la... etc.

Je vois, sans fard, les plus coquettes ;

Je sais, toujours, mouiller leurs yeux ;

Et si j'assiste à des conquêtes ,

Les combats sont peu dangereux.

Plus d'une belle

Aime à voguer,

Et sur mon zèle

Ose se fier.

Mais la nacelle...

Laran... laran...

Peut chavirer.

Laran, la... la la

Quelle existence de volupté

Pour une fleuve de qualité ! »

LE PEYROU et L'ESPLANADE.

Ah ! mon cher petit Lez ! mon bon petit Lez...

L'ESPLANADE.

Comme il est gentil !

LE PEYROU.

Comme il est frais !...

LE LEZ.

Bonjour, mes belles ! Et ces santés ? Vous ne faites

pas comme moi qui maigris toujours un peu, en été. — Oh! ma chère Esplanade, vous jaunissez, vous jaunissez à vue d'œil *(au Peyrou)*, et vous, ma charmante, je vous trouve légèrement fanée...

LE PEYROU.

Vous vous faites si rare!... méchant!...

LE LEZ.

Flatteuse, ah! flatteuse! Il me semble que je vous visite assez régulièrement depuis quelques mois; j'habite continuellement votre château... d'eau.

LE PEYROU.

Vous ne l'habiterez jamais trop.

LA GRAND-RUE.

Je n'aurais pas supposé ces dames si légères! Ah! il ne faut pas chercher la vertu dans les promenades...

LE LEZ.

On la trouverait dans la rue, n'est-ce pas, la mère?...

LA GRAND-RUE.

Pauvre vertu! vous l'auriez bien vite noyée si on vous laissait faire....

LE LEZ.

Au fait! c'est bien possible! j'ai vu si souvent pêcher.... à la ligne!...

LA GRAND-RUE.

Tout ce qui reluit n'est pas or!.... Dieu! que vous êtes superficiel!

LE LEZ.

Si vous pouviez plonger en moi, vous verriez que je ne manque pas de fond.

LE PEYROU.

.. Pourquoi vous commettre avec cette mégère...

LE LEZ.

Vous avez raison , les pavés de Madame ne peuvent m'atteindre.

Air :

> Je suis petit, je le confesse
> Mais j'ai l'esprit pénétrant ;
> J'ai la fraîcheur de la jeunesse ;
> Je suis souple, insinuant ;
> Enfin on me trouve coulant.
> Je suis galant près d'une belle ;
> Sans moi, Madame se flétrit.
> Si jamais j'étais infidèle ,
> Elle sècherait... de dépit.

L'ESPLANADE.

Et moi je sèche de jalousie ! vous ne me donnez que ce qui ne convient pas à Madame ; j'ai ses restes.

LE LEZ.

Ma charmante, vous me traitez moins bien ! Je n'ai pas le plus petit appartement chez-vous , vous me recevez à la belle étoile.

L'ESPLANADE.

Ingrat ! vous êtes bien sûr d'avoir toujours une place dans mon cœur !...

LE LEZ.

L'Esplanade qui fait du sentiment ! Il est bien sec votre cœur ! c'est une table d'hôte très-mal servie et où l'on se trouve en très-mauvaise société.

Le Peyrou, *se rapprochant.*

Comme vous êtes bien mis.... quelles courbes gracieuses !....

Le Lez.

Modérez-vous ! de grâce, modérez-vous ! Vous oubliez
que je suis un homme établi.

Le Peyrou et L'Esplanade.

Vous !....

Le Lez.

Moi ! je viens de me marier avec la fontaine Saint-
Clément ! Vous connaissez la fontaine Saint-Clément ?...

Le Peyrou.

C'est ma mère nourrice ! Elle a beaucoup maigri, la
pauvre chère femme ! Et d'ailleurs, une fontaine ne
vaudra jamais un fleuve....

Le Lez.

Non....à cause du sexe....

L'Esplanade.

Mais comment avez-vous pu épouser une fontaine
aussi usée.

Le Lez.

Mariage d'ambition ! c'était un moyen d'arriver à la
ville et de m'insinuer dans les plus grandes maisons.
Aujourd'hui, je pénétre partout, j'assiste à tous les
diners, je rends même quelques services à table.

Air :

 A son emploi le vin ne peut tenir !
 De l'entr'aider vainement je m'efforce ;
 J'ai, par ma foi ! grand-peine à réussir ;

On dit pourtant : « L'union fait la force !... »
Je le croyais, mais, pour bonnes raisons,
Je ne prends plus ce proverbe pour règle ;
Avec le vin si nous nous unissons,
Le malheureux n'en devient que plus faible !

Le Peyrou.

Il ne tarit pas ! Il ne tarit pas !....

Le Lez.

Voici la gaieté, mon excellente amie !...

—

Scène VII.

Les Mêmes, LA GAIETÉ.

La Gaieté.

Bonjour, beau fleuve ! Ah ! comme vous êtes vert !
Quelle physionomie vitreuse !...

Le Lez.

Du tout ! je me porte assez bien, malgré les saignées
qu'on m'administre de temps à autre.

La Gaieté.

Je le vois, vous mettez de l'eau dans votre vin ; le
Lez veut devenir *grave* et profond.

Le Lez.

Toujours plaisante ! Mais permettez-moi de vous
présenter à ces dames qui, certainement, ne connais-
sent pas la Gaieté.

La Grand-Rue.

Je connais Mademoiselle.... de vue...

La Gaieté.

Ah ! çà, mon cher, vous m'étonnez !....

Air : *de l'Artiste.*

Je ne m'attendais guère,
Mon cher, à vous trouver
Mêlé dans cette affaire !
Comment, vous ? Conspirer !....
De nos fêtes passées
Je me souviens toujours :
Pourquoi de vos idées
Avoir changé le cours ?...

Le Lez.

Le Lez suivra toujours la même voie ! Conspirer ! sur l'honneur, c'est beaucoup trop fatigant ! et contre qui bon Dieu ?

La Gaieté.

Mais contre moi, contre la Ville, contre le Théâtre !

Le Lez.

Le Théâtre ! je l'adore le Théâtre ! je le visite peu et je le regrette ! mais je suis trop sensible !... j'en suis bête !..... Je pleurerais comme un fleuve..... on n'aurait jamais rien ou de pareil....

La Gaieté.

Depuis le déluge. Eh bien ! mon cher, vous êtes dans une société secrète.

Le Lez.

Comment ces promenades se soulèvent ! Le vésuve va les attaquer en contre-façon. *(A la Grand-Rue.)* Et vous, malheureuse, vous voulez donc vous dépaver? Mais pourquoi cette insurrection ?

La Gaieté.

Pour suivre la Routine.

Le Lez.

On m'est infidèle ! Ah ! on ne nage plus dans mes eaux ! Je me monte ! je me monte ! J'écume... de colère, je sens que je vais déborder....

La Grand-Rue.

Prenez garde ! j'ai oublié mon parapluie.

Le Lez.

Je coupe court à mes largesses. Morbleu ! Mesdames, je vous apportais des rafraîchissements, gratis..... Si vous en voulez, vous attendrez qu'ils vous tombent du ciel.

Le Peyrou et L'Esplanade.

Oh ! mon petit Lez ! mon bon petit Lez...

Le Peyrou.

Air : *De la Chanoinesse.*

Calmez ce courroux,
Rassurez-vous,
Je préfère
Vous plaire.
A mes serments
Pour vous je mens,
A vos vœux je me rends.
Je ferai fuir mes visiteurs ;
Je serai laide et pas coquette ;
Je renonce aux adorateurs
Pour conserver votre conquête
Mais pas de courroux .... etc.

———

6

Scène VIII.

LES MÊMES, LA ROUTINE.

LE LEZ.

Oh ! vous voilà ! M. de la Routine ! Arrivez, je vais me répandre.... en invectives et vous inonder.... de gros mots....

LA ROUTINE.

Prenez garde ! vous allez sortir des bornes....

LE LEZ.

Je sors toujours des bornes quand on m'y pousse.... mais je ne recule jamais et personne ne se flattera d'avoir vu le Lez revenir sur ses pas....

DE LA ROUTINE.

Je saurais la cause de cette sortie, si je remontais à la source.

LE LEZ.

Remontez, je vais lâcher les écluses.... de mon indignation.

DE LA ROUTINE.

Oh ! oh ! mon petit Monsieur, on saura mettre une digue à vos débordements.

LE LEZ.

N'approchez pas où je vous submerge... Apprenez, d'abord, que vous ne pouvez plus compter sur ces Dames....

DE LA ROUTINE.

Je ne vous comprends pas....

LE LEZ.

Il me semble, pourtant, que le Lez est assez clair et limpide... Votre complot est déjoué.

LA GRAND-RUE.

Je lui reste fidèle.... moi !...

LE LEZ.

Oh! vous! on vous connaît! je vous ai vue sur le trottoir....

LA GRAND-RUE.

Oui! quand vous étiez dans le ruisseau.

DE LA ROUTINE, *à l'Esplanade et au Peyrou.*

Une pareille défection! et vos serments ?

LE PEYROU.

Ils sont tombés dans l'eau.

———

Scène IX.

LES MÊMES, LA VILLE.

LA VILLE.

Eh bien! qu'ai-je appris? L'Esplanade et le Peyrou veulent se réunir... pour démolir mon Théâtre! qu'elles y songent!.... Elles me trouveront toujours entre elles. Le Théâtre a ses détracteurs, sans doute; mais je connaissais trop le caractère et les allures de mes promenades pour les supposer capables de marcher... à la remorque de n'importe qui.

Air : *La Lisette de Béranger.*

Le Théâtre fait la critique ;
C'est un miroir très-peu flatteur.
Il est des gens, on se l'explique,
Qui des miroirs ont toujours peur.
De nos travers en voyant le peinture,
Chacun de nous, peut-être, a profité.
Si l'on nous sert notre caricature,
Eh bien ! rions avec sincérité *(bis).*

Non, non, de la Gaîté
Il ne faut pas médire ;
Laissons-lui son empire.
Jamais les gens joyeux
Ne seront dangereux.
Rien ne vaut un sourire :
Vous cherchez, malheureux,
Le bonheur en tous lieux ;
Il est là, tous vos yeux
Dans un éclat de rire !....

La Gaieté.

Moi, d'abord ! j'allais déserter la ville ! Montpellier
n'aurait plus été habité que par des bonnets de nuit.

Le Lez, *au Peyrou et à L'Esplanade.*

Promenades trop superficielles ! vous n'avez donc pas
de sang dans les veines ! L'amour national ne pourra donc
jamais prendre racine dans votre cœur ? Ignorez-vous
qu'un monument pour une ville, c'est un diamant pour
une jolie femme ! votre éducation est bien incomplète !
Oh ! que vous êtes mal cultivées !... (*A la Grand-Rue.*)
Quant à vous, on connaît vos idées étroites ! Dieu !
que vous êtes petite, ma chère.

Beaunavet.

Quel flot.... d'éloquence. — C'est égal. Je trouve ce fleuve un peu vague.

De la Routine.

Ose-t-on bien parler de rire, en automne ?

Le Lez.

Est-ce que vous avez votre saison pour chanter, comme les serins ?

De la Routine.

Et l'oïdium , misérable , l'oïdium !....

La Gaieté.

Air :

De l'oïdium, par ma foi, je me moque,
Il se fait vieux et s'affaiblit, dit-on.
Voyez, déjà, comme il bat la breloque :
Il tombe à droite, à gauche.... sans raison.
Le plus robuste, en voulant par trop boire,
N'y peut tenir et finit par s'user ;
Or, l'oïdium, — la chose est très-notoire —
Prend trop de vin pour ne pas se griser.

—

Scène X.

Les Mêmes LE THÉATRE.

Le Théatre.

Ah ! ah ! ah ! me voilà, me voilà plus jeune que jamais !....

Le Peyrou et L'Esplanade.

Oh ! comme il est gentil !....

Le Théatre.

N'est-ce pas ? Il me semble que je suis mis avec assez de goût !...

La Gaieté.

En si peu de temps ! Je fais mes compliments à votre architecte ; c'est un héritier de la fontaine de Jouvence. Peste ! mais s'il voulait reconstruire de la sorte quelques masures humaines de ma connaissance, sa fortune serait faite !....

Le Théatre.

Air : *J'aime mieux ma mie !*...

Oui, je suis jeune et charmant,
Je puis bien le dire ;
Je porte tant d'or, vraiment,
Que je dois reluire.
Chapeau neuf, habit brillant,
Je suis frais, leste et pimpant,
Je veux qu'on m'admire,
Vraiment,
Je veux qu'on m'admire.

Toujours gai comme un pinson,
J'ai le mot pour rire ;
Je suis frondeur de bon ton,
Sans jamais médire.
Je chante avec agrément,
J'ai l'esprit étincelant.
Je veux vous séduire,
Vraiment,
Je veux vous séduire.

La Grand-Rue, *qui s'est approchée de lui.*

Le fait est qu'il est charmant !....

La Gaieté.

Oh ! oh ! la Grand-Rue qui prend feu !.... Des pompiers , s'il vous plaît !

Le Lez.

Mè voilà... me voilà !....

Le Théatre , *à la Grand-Rue.*

Comment ! la Grand-Rue voulait tourner le dos au Théâtre.... C'est impossible !... elle restera à son côté. Voyez donc ! je suis bon enfant , et ne demande qu'à rire. On vous racontera mes aventures....

La Grand-Rue.

Vous aurez des aventures ?...

Le Théatre.

Charmantes....

La Grand-Rue.

Oh ! oh ! des aventures ! comme je vais en causer !... Je me rends·...

De la Routine.

Je reste seul... mais je n'ai pas dit mon dernier mot ; je veux le voir à l'œuvre !

Le Théatre.

Au fait, il a raison. Je suis très-beau, sans doute, mais le public trouverait peut-être monotone de me regarder, toute la soirée, le blanc des yeux. Il me faudrait des acteurs... Qui me les procurera ?

La Ville.

Ma foi! c'est ton affaire, et, surtout, choisis bien...

Le Lez.

Mais je puis vous rendre ce service.

La Gaieté.

Oui, je vous conseille de faire venir des acteurs par la canal du Lez, vous aurez des goujons!...

Le Théatre.

Oh! il me pousse dans la cervelle un souci que je voudrais bien transplanter... ailleurs... Où trouver des danseuses, dans l'acception agréable du mot. On ne trouve pas une danseuse sous une feuille de chêne.

La Ville.

Air : *Valse de Giselle.*

La fille d'Ève, — avec vous je suis franche, —
Est très-subtile et se laisse éblouir.
En vous voyant si bien doré sur tranche,
De ce bosquet elle pourrait sortir.

Mais regardez... je ne sais si je rêve, —
Je vois là-bas s'agiter une fleur...
Serait-ce donc le vent qui la soulève?
— Le vent n'a pas ce minois séducteur.

(La danseuse paraît.)

La fille d'Ève, — avec vous je suis franche, —
Est très-subtile et se laisse éblouir.
En vous montrant si bien doré sur tranche,
De ce bosquet elle vient de sortir...

(Elle veut faire danser la Routine.)

DE LA ROUTINE.

Moi ! ne me touchez pas ! ne me touchez pas.

EURIDICE , *se levant.*

Arrêtez, arrêtez !... Je ne laisserai jamais Themistocle exposé à de pareilles séductions !

BEAUNAVET.

Mais il me semble... enfin sortons.

EURIDICE.

Ah ! je reconnais enfin Thémistocle. (*Ils sortent.*)

(Ballet.)

BEAUNAVET , *dans la coulisse.*

M. le Directeur, s'il vous plaît ? Où diable ! suis-je ici ? (*Entrant sur la scène sans regarder.*) Nom d'une petite coloquinte ! me voici sur la scène. (*Les danseurs et les actrices entourent Beaunavet.*)

BEAUNAVET.

Tiens ! tiens ! tiens ! mais elles ne sont pas mal de près, je vous assure ; peste ! Mais voici des joues.... très-confortables... Pourriez-vous me dire où est Mme Beaunavet ?

UN RÉGISSEUR.

Monsieur, elle s'est égarée dans le troisième dessous.

BEAUNAVET.

C'est bien , j'irai la prendre à la fin du spectacle... Ah ! le Lez... il me plaît le Lez !... Lez, vous me plaisez. Je ne serais pas fâché de tremper ma main dans les vôtres. — Et la Grand-Rue ! Bigre ! Elle n'est pas droite !... Si vous pouviez vous redresser légèrement.... On vous plaisante, hein ?.... Vous devez être furieuse.

7

La Grand-Rue.

Moi ! du tout. Les plaisanteries sont comme le vinaigre. Elles ne cuisent que lorsqu'elles tombent sur une plaie.

Beaunavet.

Comment ? Vous êtes en face de la Ville de Montpellier et vous n'avez pas dit le traître mot du noble Jeu de Mail.

L'Esplanade.

Vous aimez le Mail ?

Beaunavet.

Si j'aime le Mail.. — L'Esplanade me demande si j'aime le Mail !....

Air : *de Gastibelza.*

Le jeu de Mail si fier de sa noblesse
Me fait pamer
Je sais lancer la boule avec adresse
Ou la croquer.
Je ris de voir se noyer l'adversaire
C'est un détail.
Toucher au but , c'est là toute l'affaire
Du Jeu de Mail.
Les plus adroits tiennent toujours la tête
Comme partout,
Boue et buissons que rien ne vous arrête
Sautez sur tout,
Non, croyez-moi, rien ne vaut, rien n'approche
Assurément
Des chevaliers, sans peur et sans reproche,
Du Bois roulant.

(*Au Public.*) Je suis chevalier du Bois roulant , si cette qualité pouvait vous paraître un titre suffisant , je me permettrais de donner le jour à une opinion personnelle , dont je vous prierai de ne pas abuser *(Très-vite.)* Il me semble que ces acteurs ne manquent pas de.... vous allez me répondre que ces actrices aussi ont... car enfin, moi... Voyez la Routine... Il est un peu rococo... Mon Dieu ! les imitateurs sans doute... Mais vous , Messieurs , oh ! vous , jamais !... il est enfoncé , c'est clair....

DE LA ROUTINE , *prenant une clef.*

Pas encore.... il me reste une ressource.

LE THÉATRE , *le retenant.*

Comment devant des dames ! vous voilà désarmé.

DE LA ROUTINE.

A Montpellier puisqu'on veut tout changer,
La position devient fort difficile.
Je le vois trop, il faut déménager :
A Carpentras j'élirai domicile.   (*Il s'enfuit*)

ENSEMBLE.

Venez , Messieurs , souvenez-vous
Qu'on rit chez nous ;
On le devine ,
Si la Routine
A déserté,
La place reste à la Gaîté.

LE THÉATRE.

Lorsque je vois ce costume élégant ,
L'inquiétude en mon cerveau se niche :
Ah ! si j'allais ne pas être assez grand !
Vous devriez me jouer cette niche.

Venez , Messieurs , etc.

BEAUNAVET.

Maris cloués, qui, par fatalité,
Avez aussi trouvé votre Euridice...
Venez, ici, voir... de près, la Gaîté...
Puisque chez vous, elle prend la jaunisse.

Venez, Messieurs, etc.

LA GRAND-RUE.

Je connais l'air et je sais la chanson :
De tout ceci voulez-vous la morale ?
Eh bien! Messieurs, mordez à l'hameçon,
Et tous les soirs garnissez notre Salle.

Venez, Messieurs, etc.

LE LEZ.

Du sieur Panurge on connaît les moutons :
Quand l'un paraît, les autres sont derrière ;
Notre caissier rirait bien, j'en réponds,
Si vous aviez, Messieurs, ce caractère.

Venez, Messieurs, etc.

LA VILLE.

De votre ville on vante la beauté,
Son caractère est charmant, je le jure !...
Et pour prouver son hospitalité
Aux arrivants faites bonne figure...

Venez, Messieurs, etc.

LA GAIETÉ, s'avançant.

Nous finissons... direz-vous : « Ah !!! Enfin !... »
— Voler un titre est chose déloyale ;
Rions ce soir, nous jugerons demain :
De la Gaîté, Messieurs, c'est la morale.

Venez, Messieurs, etc.

TOUS.

Venez, Messieurs, etc.

FIN.

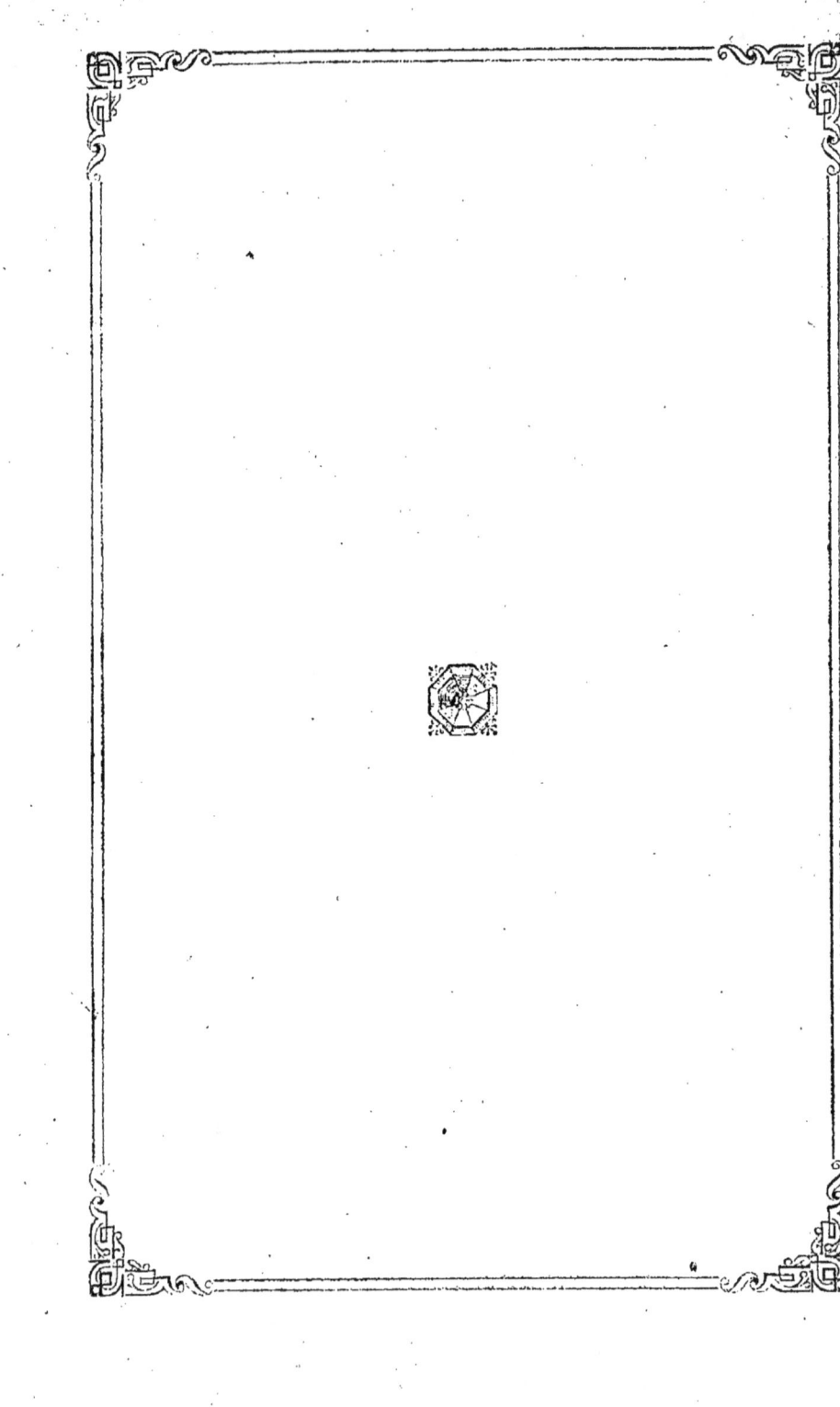

www.ingramcontent.com/pod-product-compliance
Lightning Source LLC
Chambersburg PA
CBHW061643180626
46818CB00003B/947